우리동네사람들 시인선 · 003

그리움의 길

남경식 시집

 우리동네사람들

오직 마음을 본다

밤하늘을 바라본다
그곳에는 우주라 불리는 집이 있다
우주에는 우리의 마음도 함께 산다
우리네 삶도 우주의 순환 속에서 영위하는 것
희망을 꿈꾸는 사람이고자 했다
늘 꿈을 꾸고 최선을 다하려했다
어느덧 살아온 삶을 뒤돌아봐야 하는 나이
조화로운 밤하늘의 별처럼
우주의 끝자리에 자리를 틀어야겠다
오직 마음을 본다

2016년 7월 30일
운산재에서
南 璟 植

시인의 말 : 오직 마음을 본다

Ⅰ. 우리가 산다고 하는 것은

II. 빛바랜 사집첩

Ⅲ. 횡단보도

Ⅳ. 첫눈 내리던 날

Ⅴ. 작품해설

I. 우리가 산다고 하는 것은

우리가 산다고 하는 것은

우리가
산다고 하는 것은
기다림이라는 품 안에서
긴 호흡하며 한 평생 노니는 것

고독

존재하는 모든 것과 함께 하는 것
함께 했던 모든 것으로부터 벗어나는 것
그리하여 내 안에 나만 남기는 것

벚꽃 지는 날

햇빛 쨍쨍한 날
봄바람은 시간 속으로 자꾸 사라지고
꽃잎은 슬프게 오늘을 지는데
왜 이리 아름다운가! 저 꽃비는
한 인생 보내는 꿈같은 하얀 날

달맞이꽃

숙명인거야
밤에만 피어나야해
그렇기에 더더욱 노란색으로 피어나지
눈에 잘 띠라고
간절함이 더욱 진해지라고 말이야
색을 덧입히는 노력을 하는 거야
남이 알아차리지 못하는 시간
그 절절한 시간에 말이야
오직 그대에게 선택 받기위해

너와 나
－철도 레일을 바라보며

더는 넓힐 수도 좁힐 수도 없는 숙명의 거리
아무리 바라보고 바라보아도 변할 수 없는 외줄
시간과 공간을 늘 허용한 듯 착각하는 마음
멀리 돌아가도 가까이 질러가도 언제나 안타까운 허무
너와 나 사이 쓸쓸하고 적막한 그리움의 길

그림자

낙엽 한 잎 건네주고 돌아선
그대의 따뜻한 어깨선 뒤로
찰랑찰랑 긴 머리
목 주위 휘감고 돌아와 멈춰선 머플러
등 뒤로 길게 그림자만 남았네

석류

검붉은 거죽을 가졌어라
쓰고 떫은 삶을 살아왔는가보다
그렇게도 산다는 것은 힘들다고들 하지 않던가
저도 별 수 있겠는가
생명을 가졌으니 힘들었을 것이구만
그래도 가슴 안
한켠엔 뜨거운 사랑만큼은 함께 키웠다
꼭 여민 가슴 안, 마음을 열었노라
영롱하고 반짝이는 뜨거운 사랑을 품었구나
저리도 혼자
안으로 안으로 숨겨왔던
많은 그리움을 얽기고 설키며 남모르게 키워왔구나
루비의 찬란한 보석만큼으로
이리도 고품격으로 키워왔구나
새콤 달콤 기똥찬 삶을
남모르게 감추며 고품격으로 키워왔구나

산사에서

산사 기도방 섬돌에 내려와 누운
낙엽 이파리 서넛과
앞발 괴고 잠자리에 들려는
저물녘 노을빛 몇 가닥과
시월 중순쯤 와서 머무는 바람과
산허리에 그윽하게 퍼지는 풍경의 여운이
가지런하던 마음에
한 점 쓸쓸함과
문득 고요와
나뭇잎끼리 보듬는 잔 속삭임으로 남아
그렇게 마음은 외로운 듯 따뜻해지고 있었네

여유

아쉬울 때
슬그머니 잡으려던 손 내려놓고
마음 다스려 쉬엄쉬엄 가는 것

봄을 떠나보내며

그대가 떠나는 것을 바라보기만 했습니다
그대가
한순간
떠나는 길을 머뭇거리는 것도 보았습니다
아침이 꽤나 쌀쌀하다는 것도 알았습니다
세상은 돌고 돈다고 합니다
곧 여름이 올 것이고
그리고 가을도 겨울도 되돌아오면
다시
오늘
그대도 같이
봄날 곁에 와 있겠지요

향기

바람되어 속삭이네
귓가에 와 닿은 너의 마음

한 여름의 오산샛강

은계의 은빛모래 밟으며
필봉산 산빛은 품으로 안고
그저 오산샛강은 말없이 흐르네

아침 산빛을 깨는 일은
여명을 맞이하는 산새가 하는 일
청명한 하늘은 푸르고 푸르네

금오대교 밑 넓은 그늘엔
더위 피해 돗자리 깔고
오수 즐기는 노인들

어허라 세월아
이쯤서 잠시 쉬어가도
급할 일 없으리

흐르는 듯 쉬는 듯
변함없는 강물만
폭염을 식히네

어언 하루도 저물어
뜨겁던 붉은 태양도
어둠에 머리 풀고 한여름을 닫네

워낭소리

새벽
현관 앞에 놓인 조간신문
이천십이 년 십이월 십구일에 있을 대선
출마자들 여론조사결과가
오차범위 내 엎치락뒤치락 한단다
후보자들의 희비가 목숨 건듯 뜨거운 날

어제 본 모 텔레비전 다큐멘터리가 떠오른다

소를 목숨처럼 사랑한다는 자칭 소의 아버지 A노인
아내보다 자식보다 소가 이제는 더 소중하다는
이날도 아침 여물 쑤어주고 소의 온몸 빗질해주고 있다
A노인 얼굴에 번지는 미소가 산의 푸르름만큼 진하다
"시원하지?"하며 묻기까지

A노인의 아내 소가 알아듣지도 못하는데
살갑게 묻느냐고 시기어린 면박이다
"그럼, 알아듣지 소가"
A노인은 애정의 확신을 말한다 꼬리로 표현한다면서

그러자 정말 알아들은 듯 소는
자신의 꼬리로 자신의 튼실한 둔부를 찰싹 때리며
A노인에 화답한다

이제 일하러 우마차에 A노인 올라타고
소와 소의 아버지 밭으로 일하러간다

"모든 거 욕심 없소.
이렇게 서로 의지하며 일할 뿐이오.
내일 죽을지도 모르면서 일하는 게 인생이오."

A노인의 읊조리는 소리가 워낭소리에 섞여
적막한 산골에 켜켜이 들어가 앉는다

만추

깊은 가을 속으로 떠나는 날
차창 밖 빨강, 노랑, 파랑으로
온 산야는 마지막 자신의 색깔을 드러내고 있는 날

기암괴석이 장관인 도솔암 정상에도
광릉수목원 이름 새로운 나무에서도
홍 · 유릉 혼령이 잠들고 있는 능역에서도
마지막 자신의 존재를 주장하는
최고 원색 결정의 순간들

이내 차가운 굵은 비 온 산야에 흩뿌리고 있는 날
추적추적 흙길에 떨어져 누운 낙엽 뒤로는
새롭게 태어날 새 존재의 새 자태를 위하여
자기 소멸을 마지막으로 귀결시킬 것이고
깊고 깊은 수면의 기간 도래할 것이고
매서운 추위와 온 누리를 덮는 차가운 눈이 내릴 것이고
새로운 새 세계의 탄생을 위한 잉태가 있을 것이고

그리고

그 후

또 다시

새날을 위하여

강변따라 걷다가

세상은 물 흐르듯 사는 것이라 하네
순리라 하고 참 삶이라 하네
저 강물을 거꾸로 오르는 한 떼의 물고기들
어인 일인가
물 흐르듯 가다가
더 이상은
나아갈 곳이 없을 때는
다시
거꾸로 기어올라야 하는 것일 거야
이것도 순리라면 순리일거야
그렇게 오르고 내리며 사는 것이겠지
우리의 삶을 우리 스스로가
어찌할 수 없는 경우도 있을 테니까
그런 것일 거야, 우리의 삶은
강변의 가로수는 그냥 그 자리에도 있으니까

별리

깊은 가을 보도로 쏟아지는
다이아몬드 빛 투명한 햇살
호젓하게 걸어가는
사단지 아파트 담 벽 위로
붉게 상기된 홍단풍의
내밀한 햇살과의 포옹
옮기는 발끝으로 떨어져 쌓이는
농익은 색색의 이파리
가을은 숨 막히게
뜨거운 만남으로 찾아와선
어느새 가을은 또
저리 시립게 이별로 남았네
정오의 햇살과 함께
가슴 한편이 속절없이 무너지네

고향론

나이 들어
뒤돌아보면 가보고 싶어지는 곳
사람들이 한 목소리로 돌아가
노후의 삶을 시작하고 싶어 하는 곳
어린 시절이 마음속에 오롯이 살아
아직도 꿈결처럼 포근한 곳
마을 한가운데로 샛강이 흐르는 곳
어린 시절
샛강에서 온몸이 새까맣도록 멱 감던 곳
할머니 할아버지가 사시던 곳
적어도 어머니 아버지가 자식을 위해
몸과 마음을 묻어놓은 곳
내가 태어나고 자라나 언제든지
떠올리면 살가운 곳
지금은 먼 추억으로 기억에 남아 있는 곳
이젠 그곳엔 부모님도 안 계시는 곳
가서 보면 낯선 곳이 되어 있는 곳
자식이 태어난 곳
자식이 지척에 살고

지인이 가까운 곳에 살고 있어
새롭게 정든 곳
유월이면 아까시꽃 향기 진한 곳
전원의 푸른 초원과
푸른 숲이 있어 마음 편한 곳
도심의 콘크리트 건물이
이제는 숲처럼 여겨져 친근한
내가 사는 지금 이곳도

삶

오산샛강 잔잔한 물에 파란하늘 잠겼네
흐르는 물결에도 떠밀리지 않는 하얀 구름
혼탁한 사회 속에서도
우리 삶만큼만은 하얀 구름처럼 꿋꿋할지니

Ⅱ. 빛바랜 사진첩

찔레꽃

오월 하늘도 높고 푸르른 날
하얀 찔레꽃 더욱 희고 맑아라

오산샛강 변에도
필봉산 등산로에도
피었네 피었네

아내의 앞치마로 하얗게
딸아이의 순수한 맑은 얼굴로 환하게
물가의 청초한 그리움으로 애잔하게
한 무더기로 한 집에 모여
피었네 피었네

오월 하늘도 높고 푸르른 날
하얀 찔레꽃 더욱 희고 맑아라

잔치국수

맑은 정신에 담백하고 정갈한 성품
어머니 아버지의 자식 추억 가득 담은 기쁜 삶의 혼
속 허전하고 마음 어지러울 때 따뜻한 위로의 배려
뻥 뚫린 가슴에 차곡차곡 들어가 앉는 실한 완성
선남선녀 행복을 위한 성스런 의식

오산장 손칼국수

양 뺨 봉우리에 걸터앉은 십이월 칼바람
거침없이 얼어붙은 마음 훑고 지나더니
오산장터 손칼국수에 찜 당하여 자리 잡고
다진 양념에 다진 청양고추 한 스푼 떠
마알간 칼국수 국물에 겨울을 넣는다
뜨거운 국물에 벌겋게 달아오른 귓불 끝 주름
굵게 구겨진 이마의 골 팬 골짜기는
한 여름을 달궜던 구슬땀 송송 영글어
겨울 한복판을 따뜻이 품었다
창밖 나뭇가지에 몇 남은 이파리 하늘하늘
바람에 날리는 십이월 때늦은 점심
오산장터 손칼국수로 겨울 매운 맛 먹는다

아이들의 귀가를 기다리며

늦은 밤
하루를 지나고 있는 하얀 시간

어둠 속 반딧불 닮은
골목길에 줄지어선 전봇대 가로등도
졸음에 꾸벅꾸벅 졸고 있는
공부로 늦는
아이들의 귀가를 기다리는 늦은 밤

어느새 이십 성상을 바라보는
세월이 되어버린 아이들의 성장
이미 딸아이는 제 엄마보다 키도 크고
이미 아들아이도 제 아비보다 키 커
시야 안으로 꽉 들어찬 아이들의 존재
이제 이 녀석들의 시대가 되었네

요즈음 부쩍
늦은 귀가로 힘들어하는 아이들을 보면
안쓰러운 생각에 가슴이 짠해오지만
어쩔 수 없는 인생의 한 과정이니
어찌하랴 모진 마음 다지다가도

괜스러워 밤하늘 올려보면
자애롭게 웃고 있는 별들
생전의 부모님 자식 걱정하시던 모습 어리며
아이들의 힘겨운 모습과 겹쳐지니
눈가가 촉촉해져 오는

빛바랜 사진첩

다시는 오지 못할 날들이 펼쳐져 있는
빛바랜 사진첩을 펼친다

어린 시절엔 동그란 눈을 하고 어머니와 함께 앉아 미
래의 세계를 보는듯한 모습으로 남아있고, 또 한 면 넘
기니 젊은시절 부모님이 계시고, 한 면 한 면 넘기다보
니 초등학교 시절의 모습이 맑고 투명한 모습으로 남아
있으며, 중학시절 수학여행 사진 속엔 반 친구들과 함
께 한 신라의 고도 경주의 모습이 먼 과거로 남아있네.
조금은 점잖아진 늠름한 모습의 고교시절이 교정을 배
경으로 남아있으며, 대학시절엔 장발의 모습이 특이하
게 다가오고, 군 입대 3년간의 병영생활이 강원도 험한
산속을 배경으로 남아있네. 군제대후 직업인으로서의
모습이 남아있고, 결혼식 모습이 보이고, 아이들과 함
께 부모님 성묘를 함께 다녀오고한 모습이 보이고, 이
후는 아이들의 사진이 사진첩 모두를 차지하게 되었네.

이제 오십 줄
다시 되돌아올 길 없는 모습들을 보니 가슴이 아리다
앞으로 남은 기간은
어떠한 삶의 모습이 될까
내겐 늘 지나간 모습은 아름답다

여름

오늘은
습하고 무더운 날
불편한 기억은 쌓여가고
열린 창 너머 뜨거운 열기는
고요한 졸음으로
다가올 가을을 채근한다

봄을 맞으며

따지기 봄이 소맷자락 잡아끌 듯
살바람과 만나던 날
부드럽고 낙낙한 봄 햇살
들뜬 마음 뜨거운 가슴 봄날 나들이
하늘에 비친 양 뺨은 아직은
살얼음 속 강물처럼 차가운데
기다리던 긴 그리움 달콤한 꿈결 되어
하루를 줄달음치네

모란꽃

기와지붕 위로
몽실몽실 구름 두어 점
쪽빛 하늘

소녀의 세안 거품으로
피어오른 정수리가 따가운 한낮
창 넓은 집 남쪽 켠 화단 모퉁이

유월 하얀 기억 속으로 떠가는 구름
올려보는 소녀의 큰 눈망울엔
민얼굴로 피어나는 붉디붉은 마음

구름 따라 흐를까봐
얄궂은 마음이 대책 없이 흔들릴까봐
온종일 무엇인지 모르게 이렇게 그리운 날은

매화

얼었다 녹았다 하는 날
매화는 활짝 꽃망울을 터뜨렸네
담장 밖 파란 하늘 홀로 외로운데

아들의 군 소식

아들이 군에 입대한 지 엊그제 같은데 벌써 9개월이다 훈련소에서 훈련에 집중하던 시기에는 이삼일 주기로 집에서 아들에게 편지를 보내 힘을 북돋았는데 자대 배치 이후에는 아들이 주말이 되면 전화로 부모 걱정 할까봐 안부를 전해온다 아들의 군 보직은 디엠지 안 수색 매복을 주 임무로 하는 수색대대원 주말마다 전 화선을 통해 전해오는 아들의 목소리와 부대 내에서 의 일상적인 생활소식을 듣는 것으로 그간의 걱정을 덜어낸다 요즈음 겨울 추위가 걱정이다 디엠지 안에 서의 생명을 건 위험도 위험이지만 한겨울 추위 속에 서 그것도 해지고 해 뜰 때까지 밤사이 이루어지는 매 복 추위와의 싸움이다 아들이 그간 살아온 날들 중에 서 "아! 이런 것이 지옥이구나." 하는 생각이 든다는 전언이다 국가의 안위를 위해 대한민국 남아의 숙명 아닌 숙명으로 받아들이지만 부모로서 안타까운 마음 은 어쩔 수 없다 잠시 나의 군 생활을 돌아본다 아들 과 별반 차이 없는 최전방의 군 생활이었으나 아들의 수색대원으로서의 강도 높은 군 업무를 잘 아는 부모 의 입장으로서의 걱정은 어쩔 수 없는 것이다 아들은 남들이 편한 보직으로 인식하는 첫 번째 두 번째 보직 지명을 마다하고 대한의 남아로서 스스로 택한 군 보직이다 부모로서 아들이 자랑스럽다 부디 몸 건강하게 국가 수호의 영광된 임무를 잘 마치고 전역하기를 두 손 모아 기도한다 아들아 사랑한다 자랑스러운 대한민국 아들

면회

전방의 날씨는 추웠네
아들의 군 면회 신청 후
부대에서 아들을 데리고 나왔네
대광리역 앞 쓸쓸한 시골거리
일월의 매서운 추위 오전 열 시
아들은 민간인 통제 구역 안 수색대대원
군 의무기간 반이 지나가고 있는 중참
아침 겸 점심 식사를 하러 면회 때마다 들리는
면회객들로 분주한 식당에 앉았네
어제까지도 푸근하던 날씨 오늘은 매섭고
아들은 맛있게 고기를 먹고 부지런히 구웠네
추가한 고기까지 먹고 밥도 한 공기씩 먹었네
바람까지 부는 흐린 날씨의 대광리
갈 곳 적당치 않은 이곳 쉴 곳 찾던 중
찻집인 다방이 있어 들었네
다방 안은 연탄난로의 열기로 제법 훈훈했네
동네 노인 분들 삼삼오오 모여 차를 마시는
천 구백 칠십 년대 풍 동네 찻집
커피 주문은 그래도 식성에 맞게 받는다는

마음 인심 좋은, 젊었을 때는 배꽃 같았을 것 같은
단아한 자태의 마담이 어디서 왔냐고 관심 있게 묻네
구석 한적한 곳에 앉아
그간의 이야기를 곁들여 휴식을 취하는데
아들의 아쉬운 마음을 아는지 모르는지 시간은
과녁을 향해 날아가는 화살처럼 쏜살같이 흘러가고
이 주 후면 휴가가 내정되어 있지만
지금 곧장
부대가 아닌 집으로 갔으면 좋겠다는 말을
아쉬움으로 남기고 귀대하는 아들
눈시울 붉어지는 아내
대광리 찬 겨울바람은 아무 일 없는 듯 부는 날

* 대광리 : 연천군에 있는 마을.

49

맑은 웃음

천성이 맑고 경쾌했네
봄바람 아직은 차도
웃음은 찬 들녘도 잘도 날아다녔네
눈매 고운 얼굴도 갖고 있었네
웃음은 눈매 속에서 만들어진 것이네
해가 둥글게 떠오르고
아침 햇살이 듬뿍 쏟아지는 날이면
맑은 웃음과 함께
머리카락까지도 검게 윤이 났네

마음 1

늘
가까이 있는
그러나 너무 가까이는 아닌

가끔은
멀리 있는
그러나 너무 멀리는 아닌

마음 2

저녁노을
붉게 젖어 산에 숨고
마음만 홀로 강가에 남았네

꽃망울

겨울 내내 감았던 눈 배시시 뜨네
지나간 이야기는 시간 속에 묻고,
새로운 이야기는 꽃망울에 품고
봄을 성큼성큼 걸어서 바깥으로 나오네

겨울풍경

창밖너머에는 찬바람
창안엔 정오 햇볕 한 뼘
따사롭네, 마음도 같이

가로등

늘 환하게 웃는다
추우나
더우나
비가 오나
눈이 오나
묵묵히
그 자리 그곳에서
늘 환하게 웃는다
나도 그렇게 닮고 싶다

안개 젖은 독산성

독산성 성곽에 서서 사방을 내려다보니
안개에 젖은 황구지천 멀리 아스라하고
사도세자, 정조대왕 사적 진남루 터 오늘은 한가롭네

초복 2

긴 장마 끝 비장하게 우는 매미
물기 많은 여름날 깊은 세월 속을 헤쳐 나와
술잔으로 부딪는 이별에 젖은 노래 가득한 날에

근심

예기치 않은 근심
해결 없이 하루가 저무네
평안한 마음만
남길 수 있었으면 좋으련만
세상일이 어찌 내 맘 같으랴
이 꽃 저 꽃
옮겨 다니는 벌들
꿀 채취에 여념이 없을 뿐
자신의 한 일이 열매로 맺어
사람들의 식량으로
온 인류를 먹여 살리는 일이란 걸
알고 하는 벌들이 없듯이
더운 여름도 잊은 듯 보이는 근심이
모든 이의 걱정을
잠시 내려놓는 일이 되었으면 좋겠네

Ⅲ. 횡단보도

횡단보도

녹색 불이다

마주 잡은 악수가 미처 끝나기도 전
녹색 지시등이 점멸한다

눈빛은 아직 서로에게 남았는데

코스모스

마음 가니 정겹고
정겨우니 살갑네

청학산 푸른 솔바람
샛강으로 불어오고
둔치 코스모스
홀로 가슴 아련타

마음 가니 정겹고
정겨우니 살갑네

중앙도서관에서

길게 뻗은 서가 한쪽에
가볍게 기대서서

책을 읽고 있는
학생의 뒷모습이

아름다워
한참을 바라보았네

조용한 분위기에 어우러진
책과 책 읽는 이

한 폭의
살아있는 명화

* 중앙도서관 : 오산시 중앙동에 있는 시립도서관.

조팝나무

봄 여행길 나지막한 산속에서도
지나치던 산골마을 울타리 구석구석에서도
조팝나무꽃 향기 이리도 진하게 깊어

아롱아롱 정오의 봄볕
저 홀로 환하게 타는 순백의 고요
나그네 숨 가쁜 봄날엔 서러운 마음도 함께 흘러라

제비꽃

디딤돌 틈 사이
밟히지도 않고 용케 피어났구나
보랏빛 앙증맞은 빼어난 모습
위험한 곳에 피어나선지 더욱 눈에 밟히네

응진(應眞)

박장원 그는 수필가 겸 문학평론가다
그는 나의 문우이다
그가 글씨를 보내왔다

應眞

그의 글씨를 표구하여 떡하니 걸었더니
글씨 자태는 거실을 빛내고
글자는 나를 빛낸다

고맙다

프리미엄 한량
─아슬헌(雅瑟軒) 시인을 위한

발바닥에 바람 일어
정신 줄 놓은 듯 눈썹 휘날리며
술중에 예술에 취해 나다니는
집안에선 늘 밉상
집밖에선 인기 절정인

한 세상
한 번 밖엔 없는 삶의 의미를
두 손에 꽉 움켜잡으려
새 시대의 한 가운데를 거침없이 내닫는
자신 내면의 자신에게만 눈칫밥 먹는
사생결단으로 자신을 사랑하는 이

역사의 교훈

나라를 경영하는 제왕
가문을 운영하는 장손
집안을 건사하는 가장
예나 지금이나 같은 이치
초심
초심
또 초심을 간직하는 일

국화

오랫동안 견뎌내며
기어코는 탐스럽고 깨끗한 자태로
아름답고 따뜻한 성정, 그러한 자태로
한해의 끝머리를 향기롭고 온화하게
대한민국 구석구석을 가득 채우는 성숙의 꽃

갈대

갈대는 흔들리면서 자란다

흔들려서 갈대일까?
갈대이니 흔들릴까?

지금은 흔들려서 일걸

12월

겨울 찬바람
유리창 흔들며 새어들어
한 장만 남은 달력 들추네

수선화

안으로 안으로 가라앉힌 깊은 영혼
시리도록 아름다운 절제된 외양
품위를 더하는 따뜻한 내면의 자아

서재

어둠 속 5평
22W의 장파장 스탠드와 책
황홀한 적막 빛나는 몰입의 두 눈동자

사랑의 정석

사랑 받고 싶은 마음
사랑을 주고 싶은 마음
사랑하는 이 마음들
서로가 주고받으면 될 것 같은데
너무나 쉬울 것 같은데
실제는 너무나 어려운
그래서 사랑은 울고 웃는 일

봄비

비가 온다
봄비가 푸르게 온다
초등학교
운동장 끝 모퉁이
지난겨울 잎 잃은 나뭇가지 사이에도
봄비가 푸르게 온다
어느새 새순은 돋았다
교정엔 초등 새내기
투명한 비닐우산 쓰고 푸르도록 상큼한 새순으로
삼삼오오 봄비 속을 푸르게 희망으로 온다
새순에선 봄비가 또로록 구른다
초등 새내기의 우산살에서도 봄비는 또로록 구른다
비가 온다
봄비가 푸르게 온다

봄 햇살

개나리 가득한
샛강 변 노랑 꽃길 위로
벚꽃이 하얀 꽃잎을
파란 하늘 품은
강물 속에 담가놓은 날
햇볕에 환한 웃음의 젊은 청춘들
샛강 징검다리에 앉고선
물빛에 잠긴 꽃잎 주우려는 듯
물위에 앉은 물새인 듯
얼굴 서로 마주보며
봄 햇살 받아들고
흐르는 시간 속에 잠겼네
하늘에도 물위에도 물속에도
봄 햇살은 쉼 없이 내려앉고
젊은 청춘들 웃음소리만
봄볕에 하얗게 타네

도심의 새, 아이들 웃음소리

빌딩들로 빽빽한 콘크리트 숲
이른 아침부터 새가 지저귄다
휴일이어서 그런가도 생각했지만
전에는 좀처럼 없던 일이라
오래전 기억까지 더듬어 보았다
근래 들어 부쩍 젊은 가족의 입주가 늘더니
빌딩 콘크리트 숲 주택에 그들의 분신
어린 새가 많이 내려왔음을 새롭게 알았다
정말 오랜만에 듣는
아이들 웃음소리
도심 속 청량한 웃음소리로 갓 태어난
도심의 새, 아이들 웃음소리

존재

물 위로 세월을 던져보네
멀리 멀리로 퍼져나가는 삶의 소리
거칠게 스쳐 지나자 여울이 길게 떨고 있네

책, 삶의 스승

책과 가까이 한 시간들이
삶의 든든한 지팡이가 되었네
언제든 장소 구별 없는 배움을
얼굴 한 번 본적도 없는 스승에게서 이뤘네

행복

외로워야 그리움을 알고
그리움을 알아야 행복해지나니
그 행복도 잠시, 다시 외로워진다

Ⅳ. 첫눈 내리던 날

첫눈 내리던 날

어둑한 오산샛강에
추억처럼 녹아 흐르다
설화로 핀 첫눈의 짙은 흔적
마음은
옛이야기에 젖어들고
달빛도
오늘밤은 애잔한데
늦은 시간
오산샛강 위를 거슬러 오르는
한 무리 큰부리까마귀 떼
깊고 적막한 필봉산으로 돌아드네

겨울 공원

겨울하고도 정월 늦은 오후
햇살만 나무사이로 헤집는
찾는 이 없어 쓸쓸한 곳

은사시나무의 긴 손짓만
겨울에 대하여 애오라지 걱정하는 곳

누군가 한 번은 앉았음직한 빈 벤치엔
떠나버린 가을이 떨어뜨린 말라 헐벗은 낙엽위에
빛바랜 찬바람만 홀로 앉아 슬픈 곳

가을에 떠나지 말고
겨울에 차라리 하얀 겨울에 떠나라는
어느 가수의 노래 가사처럼
마치 슬픈 이별이라도 있을 것 같은
텅 빈 늦은 오후의 공원

누구든 언젠가는 혼자가 되어 떠나야 하듯이
인간의 삶과 그 끝에 관하여 이야기하고픈 곳
이미 짧은 해는 서녘을 넘고 있는 곳

바람 부는 산정에서

바람은 늘 계절을 더듬으며 부는가보다
긴 시간 산 정상에서 가쁜 숨 내쉬면서 불다
하루가 길건 혹은 짧건 관심도 줄 수 없다가
비탈 깊은 바위와 바위 사이에서 부는가보다
봄, 여름, 가을, 겨울
바람은 계절에 따라
간직한 이야기며
하고픈 이야기며
이러 저러한 이야기들을 달리 준비한다
늘 같진 않지만 계곡으로 불어내고
계곡에선 바람을 불평 없이 받아주며
한 세월을 질박하게 노닐다가
너와 나 한 많은 세월엔 서로 마음을 맞춘다

에스프레소

에스프레소 커피 한 잔 받아들고
찻집 창가에 앉아
창밖 해 저문 거리를 바라본다

밀리는 인파
환한 조명의 상점 안
거리는 하나 둘 젊은이들로 활기를 띠고
어둠은 떠미는 네온사인에 길을 잃었다

삼삼오오 하하호호 파안대소
에스프레소 커피 한 모금
쌉싸름한 젊은 날의 추억으로 되돌아온다
고단했던 열정의 날들

시간은 쉼 없이 흘러가고
남은 시간은 점점 짧아지는데
한번 흘러간 시간은 다시는 돌아오지 않아
추억은 이렇게 어둠처럼 다가온다

추석 전야

추석 앞 날
신문 맨 앞면 사진엔
저물녘 동구 밖 감나무가
주렁주렁 매달린 감으로 실하다

나는 그 곳에
마음으로 그려 넣었네

한가위 둥근 달은
자식 기다리는
노모의 마음만큼 크고 환하고
같이 따라나선 강아지

시나브로 어두워지는 어둠보고
컹컹 짖어대고
밤은 점점 깊어 가는데
감나무 밑 노모의 기다림은 하염없네

비 오는 날의 부르스

비 오는 날은
내 안에 갇혀 지내리
이왕이면 굵은 비가 제격이라네
빗소리에 단절된 내 밖의 세상
이 날만은 잊고 지내리
오직 나만의 공간만 남으리

따끈한 녹차를 마시리
아니 프림 설탕 다 넣은 커피도 괜찮지
그리고 「레드 제플린 Led Jefflen」의
『Stairway to Heaven』을 들으리
그런 다음
「알 그린 Al Green」버전의 『For the Good Time』도 듣겠네

완성도 높은 내 마음의 음악을 들으리
꼭 클라식Classic이어야 하는 건 아니지
락Rock이 더욱 어울리지
이왕이면 메탈락Metal Rock이 좋다네
「딥퍼플Deep Purple」의 『Child in Time』같은

트로트Trot를 포함한
우리 한가韓歌도 좋다네
『빗속의 여인』은 어떠한가
「김건모」의 리메이크 곡이 좋다네
「장은숙」 버전의
『보슬비 오는 거리』도 좋고
「영사운드」의『등불』은 또 얼마나 좋은가
「박상민」의
『해바라기』도 좋다네
그리고 「산울림」의『내 마음의 주단을 깔고』를
마지막으로 듣겠네

창을 두드리는 빗방울도 친구 같고
하염없는 방 안의 침묵도
오늘은 정겹다네
깊은 명상이 허락되는 시간
그러나 너무 깊이 생각은 않는다네

그냥
빗소리 듣고
음악 듣고
차 마시고
머리는 비운 채
가슴만 뜨겁게 데운다네
비 오는 날의 부르스

매미소리

금년 여름은
매미소리가 유난히 날카롭게 느껴지네
비가 적게 내려 소리까지 건조해진걸까
책상 위 컴퓨터 화면 속엔
디자인된 잡지 속 인간 삶의 기사가
가벼운 깃털로 떠다니고
칠월도 끝나고 하루만 지나면 팔월인 내 달력엔
아직도 떠나지 못한 휴가가 기록돼있고
그저 문우가 보내준 수필집을 읽다가
우리가 보는 모습으로는
한 달 남짓만 살 수 있다는
매미의 절절한 울음소리를 오늘도 듣고 있네

인생의 계절

한 해의 구분을
봄, 여름, 가을, 겨울로 구분하는 것은 상식

인생의 구분도
봄, 여름, 가을, 겨울로 구분하는 것이 요즈음 대세

봄 25세
여름 50세
가을 75세
겨울 100세까지로 본다나

인간 수명이 늘어난 것

이 대세에 따르면 나의 계절은 가을
이 분류대로 구분하고 보니
인생 다 산 줄 알았는데 그것이 아니었다
지금이 인생의 황금기임을 새삼 깨닫고
지금 난 꿈을 더욱 단단히 매만진다
인생 살 맛나게 꿈을 꾸고 이룰 요량으로

92

"인생 뭐 있어?" 라고
사람들은 자조적으로 말하는데, 이에
어느 분은 알콜이지 한다
어느 분은 식도락이지 하고
어느 분은 건강 가꾸는 일이지 하고
어느 분은 자식 교육이지 한다

나는 나에게 마음속으로 물었다
"인생 뭐 있어?"
미래를 아직도 꿈꾸는 것이지
그 꿈 이루어내는 것이지
나의 계절은 가을, 꿈꾸는 계절

여인

한 여인이 울고 있다
깊은 바다에서 뜯어 올린 미역 같은
한 여인이 울고 있다
바닷가 비릿한 바람 속을
막막한 울음으로 울고 있다

그녀가 생업으로 평생 생업으로
그 질긴 인연을 평생 손에서 놓지 못했던
그녀의 오징어는 오늘도 잘 다듬어져 짭쪼름한 바닷물에
주름 깊게 팬 눈가로 흘러내린 그녀의 멍든 눈물이 보태져
한번 헹구어 걷어 올린 오징어를 또 그렇게 뒤집어 헹구어
직사각형 그녀의 갇혀진 인생에
그 인생 같은 그물망에
눕혀져
눕혀져
줄 맞추어
파란 하늘 아래에 설음으로 누워지는 것이다
먼 바다에서 부는 바람, 그녀의
팔팔했던 사내의 죽음으로 부는 먼 바람 속을

깔끔하게 속 썩어문드러진 내장을 꺼낸 채
일렬종대로 일렬횡대로 운명으로 누워지는 것이다

한 여인이 울고 있다
바다에서 보낸 세월을 그 허망한 삶을
막막한 울음으로 울고 있다
먼 바다로 간 여인의 사내는
오늘도 비릿한 바람으로만 불어오는데
그 여인의 딸
그 여인의 사랑스런 딸의 사내도
그 여인의 사내처럼
먼 바다 비릿한 바람으로만 불어오는 날
딸의 사내가 남겨 놓은
그 여인의 딸과
그 여인의 외손자와
그리고 그 여인은, 먼 바다
비릿한 바람이 부는 선창에서 애린 가슴으로 이별한다

그 여인은 딸의 내일을 열어주기로 했다

그 여인의 등에 업힌 딸의 사내의 아들
그 여인의 외손자는 그 여인의 등 뒤에 업혀서 울고
그 여인의 등 뒤에 아들을 남겨두고 떠나는
그 여인의 딸은 자꾸 뒤돌아보며 서럽게 서럽게 울고
그 여인은 떠나보내는 딸이 이 비릿한 바닷가를 잊으라고
빨리 떠나 아주 잊으라고
손사래 치며 앞만 보고 숙명으로 운다

그저 먼 바다에선 허무로 비릿하게
허망한 바람만 선창으로 염치없이 불어오는 날

청풍호

가을 청풍호에 하이얀 구름 빠지고
청풍호 푸른 물에 단풍 곱게 젖어들면
여행객 가득 유람선 맑은 햇살로 나아가네

호수 한 켠 분수대 물줄기 하늘로 솟구치고
저 멀리 여행객 탄성을 자아내면
청풍호숫가 울긋불긋 가을걷이 나무들

곧 맞을
겨울채비에
걸어온 길 뒤 돌아보네

* 청풍호 : 제천에 있는 호수

신호등 시그널 변환을 기다리며

늘 정확한 표시를 해야 한다
물론, 다른 횡단보도 상황과도 호응해야 한다
녹색과 빨강 신호가 한조가 되어야 한다
보도의 녹색신호와 차도의 빨강신호는
서로 같은 편이 되어야 한다

신호를 따라 보행자는 일사분란하게 횡단보도를 건넌다
차들도
건너는 보행자를 위해 일사분란하게 대기선에 멈춰선다
아무 충돌이 없다

신호에 반기들고 건너는 보행자가 있다
신호를 무시하고 움직이는 차가 있다
교통사고가 남는다

왜 거스를까
녹색과 빨강 경계의 애매함 때문일까
경계의 애매함을 피하기 위해 황색 신호가 있다

황색신호를 녹색신호의 연장으로만 보는 보행자가 있고
황색신호를 녹색신호의 연장으로만 보는 차가 있으며
아예 신호를 무시하는 보행자와 차가 있다
인생이 왜곡 된다

무엇보다 욕심 없는 차 흐름을 따라야 한다
보행자는 황색신호를 빨강신호로 알아야 하고
차도 황색신호를 빨강신호로 알아야 한다
당연히 차와 보행자는 신호를 지켜야 한다

모두 마음에 욕심이 끼면 질서가 무너지고
인생의 왜곡은 자신으로부터 시작한다
지금도 신호등 시그널은 정확히 규칙적으로 변환한다

시간 여행
-금암동고인돌공원에서

죽은 자의 수천 년 아득했던 불멸의 꿈
이승에서 영원히 산다는 것과
저승에서도 영원토록 끝나지 않기를 바라던 꿈
이런 것들

죽은 자는 죽은 자의 언어로
거대한 신비를 만들었고
경기도기념물 제112호 금암동고인돌군이 되었네

이제 이 곳 금암동 아파트 숲 한 가운데에
금암동고인돌공원으로 조성되어
빛나는 청동기시대의 역사 기념물로
시민의 큰 문화재가 되어 오산시를 빛내고 있네

죽은 자가 산 자로의 회귀를 꿈꾸었듯이
산 자는 그 죽은 자를 큰 신비로 환생시켜
지금 우리의 먼 근원
경의로 받들어지는 전설로 우뚝 서 있네

앞으로도 먼먼 훗날까지
죽은 자는 산자로의 환생의 꿈을
지금처럼 영원토록 이어
또 어느 그때가 되어도 신비로 남는 꿈이 되리니

산다는 것도 죽는 것이고
죽는다는 것도 사는 것이며
그렇게 얽혀서
우리네 삶이 무한으로
영원한 시간 여행을 하고 있네

벚꽃 질 때

하얀 영혼이 되었을까
한 순간에 땅으로 돌아가는
저리도 깔끔한 삶의 마무리 뒤에는

진정한 삶이
어떠해야하는지를 보여주는 걸까
성숙한 존재자의 그 짧고 짧은 세월의 흔적으로

하얀 삶을 하얀 죽음으로 털어내던
불쑥 서쪽에서 바람이라도 불라치면
눈보라처럼 쓸려갈 줄도 알았던 시대의 존재자로

바라보는 눈과
바라봐지는 눈이 서로 어르고 겨루며
행복을 여는 꿈과 만나 만들던 고단함이 바로
많은 기다림의 쓸쓸함임을 알던 세월의 순례자로

삶과 꿈도
종국엔 이별과 영원히 함께 가야할
봄의 길목에서 내려놓아야하는 인연
하얀 이별은 하얀 영혼
바람은 따스한 온기 품고 봄날을 간다

도시인의 고향

어둠이 조그만 도시를 덮는다
자동어둠감지 작동
차들의 전조등이 자동으로 불을 밝힌다
도로는 도깨비불로 번득인다
보도의 가로등도
보도에 접해있는 건물에도 불이 켜지며
도시 전체가 환하다
이 모두가 순식간이다

힘겨운 하루가 저물어도
도시는 쉼 없이 꿈틀댄다
새로운 모습으로 밤을 시작한다
하루 일과가 끝나도
고요하고 아늑한 밤을 잊은 지 오래다

도시의 하루 순환에 맞추어
낮이 끝났어도 밤은 멈춤이 없는 불야성
온 하루가 낮이자 밤이다

도시인은 낮과 밤을
시계에 맞추어 인식한다
시골의 자연 감지적인 기능은
이곳에선 없다

지금도 사람들은
시골에선 삶의 영위가 어려워
도시로 도시로 옮겨오는 중이다

언제, 어떻게 삶의 형태가 바뀌어야
전 국토로 분산되는 고향의 삶이 될까
고향은 우리의 추억에서만 존재한다

도시의 밤은 잠드는 법이 없다

길게 줄지어선 빌딩숲 사이로
헝클어져 밀려드는 밤
깊은 어둠 뚫고 찬비가
어수선하게 하루를 적시며 내리고 있다

도시를 밝히는 네온사인은 비에 젖고
항구에 정박한 선박의 밤 불빛마냥 흔들려
밤 깊어도
도시의 밤은 잠드는 법이 없다

마치 낭만이 흐르는 밤바다처럼
도시의 밤풍경은 끈적이지만
조금만 더 눈을 크게 뜨고 도시의 안을 보면

긴 하품에 눈꺼풀은 무겁지만
한 잔 술로 하루의 긴장 해소를 위해
밤을 지새운다는 직장인이 있고

밤비는 아랑곳하지 않고 내일의 영업을 위해

새벽시장을 동분서주하며
상품을 구매한다는 상인이 있고

시험에 좋은 성적을 내기 위해
주야장천 밤샘한다는 수험생이 있고

한 평생 살아왔건만 하루 한 끼 해결도 어려운
단신 한 몸 누울 공간도 없다는 노숙자도 있다

사람마다 각양각색의 이유를 달고
도시는 잠을 잊고 깨어 있다

오늘처럼 밤비 내리는 밤에도
도시의 밤은 잠드는 법이 없다

도시의 불면에도
오늘 하루는 어김없이 갔고
새로운 날이
충분한 숙면 없이 또 찾아왔다

노부부
– 울릉도에서

울릉도에 눈 내리고
온 나무에 눈꽃이 필 때
성인봉 산 중턱 함께 눈꽃이 되던
염소를 방목하며 사는 노부부

눈은 밤새 내리다 그치고
새해 첫날
동해의 둥근 해는 희망을 품고
하늘과 바람과 구름을 이고 있는
성인봉 위로 힘차게 떠올랐지
육지 등산객의 시산제가 열리고
모두 가족들의 행복과 건강을 빌며
하늘을 우러를 때
넓은 바다는 늘 젊어
늙지도 않았지
노부부만 늙어갔어

갓 울릉도에 시집온 새댁들은
슬픔과 그리움이 깊다고 했지
시집올 땐 울고
친정 갈 땐 웃고 가고
다시
되돌아올 땐 울며왔다지

울릉도
하루를 열심히 살고
열심히 살지 않으면 내일이 없는 곳
이곳을
바다같이 깊고
성인봉 높이만큼
사랑으로 감싸며 살아왔다네
그렇게 60년을 함께 살았다네
울릉도의 눈꽃이 된 노부부

내게 쓰는 편지

그렇게도 무덥더니만
언제 그랬냐는 듯 제법 추워졌습니다
오산문화원 건물아래
오산샛강으로 난 길 따라 심어진
각종 나무들 이미 빨갛게 노랗게
일부는 아직 파랗게 형형색색으로 물들어
눈을 황홀하게 합니다
그렇습니다 시간이 너무나 빠르게
정말로 빠르게 흘러갑니다
어제 밤늦게 홀로 앉아
수십 년 살아나온 길 돌아보았습니다
주마등 같이 흐르는 시간이 정말
정말로 소중한 순간들이었구나
이런 생각들로 머리 안은 온통 엉켜
현기증이 날 정도였습니다
그러나 지금
난 제법 꿈꾸는 일이 보람된 일이었다
하는 생각에도 미치자
가슴 안에서 기쁨이 뜨겁게 번지며

세상일은 잡으려고만 해선 결코
잡히지 않는다는 것을 알고 있는 지금이
그저 일은 즐기면서 해야 한다는
여유로운 마음으로 살아가니까
평안하고 행복한 날들이 주어진다는 것을 압니다
그렇군요
그렇더라도 너무 큰 욕심은 말구요
작은 욕심만은 하나 남겨야겠어요
이 욕심이요?
제게 아직 남은 작은 꿈 입니다
이 세상 노닐다가 끝나 이 세상 떠날 때까진
이 꿈은 접지 않을려구요
아직은 이 꿈으로 보람되고 살맛나거든요
그 꿈이 무엇이냐구요?
나만 알겠어요
훗날 결과만 남길 테니 그때 보시지요

빈손

세상에 되돌아오지 못하는 것이
어찌 세월뿐일까

삼라만상 그려내는 마음도
한 번 어긋나면 세월 못지않은 것을

그렇다고 아쉬워
뒤돌아보진 말자

가고 없는 것은
이미 나의 것이 아니니

본시 인생은 빈손이라

문득 바람이 일어도
눈에 보이는 것 없네

V. 작품해설

한 민 규

고향과 삶을 사유하고 노래하다
– 남경식 시인의 시세계

한 민 규 / 발행인

밤새 내린 비가 날이 밝았는데도 추적추적 내리고 있다. 창밖으로 보이는 빗방울에 마음이 차분해진다. 지나고 나서 보면 별로 한 것도 없는 것 같은데 빠르게 시간이 지나간 느낌이다. 『그리움의 길』 원고를 받은 지도 어언 한 달이 지났다. 이제야 글을 쓰게 되었다. 송구하다.

남경식 시인은 오산에서 태어나 오산에서 평생을 살아온 '오산사람'이다. '오산사람'이라고 자신있게 얘기할 수 있는 이유는 삶의 공간만 오산이라는 지역이 아니라 시인의 삶 자체가 오산과 함께 하고 있기 때문이다. 시인은 사진작가요, 또한 역사학자이기도 하다. 시인으로 오산을 노래하고, 사진작가로서 오산의 아름다움을 기록했으며, 역사학자로 오산의 역사를 발굴하고 찾아내 그것을 널리 알리는 일을 하고 있다. 시인의 육십평생이 오산인 것이다.
    오산이라는 지역을 사랑하고 지켜온 시인의 세 번째 시집 출간을 축하하며 함께 시를 읽어보고자 한다.

1

시인의 시에는 인생과 꿈, 그리고 세월의 흐름과 고향이자 삶의 터전인 오산이 주인공으로 등장한다. 인생은 세월의 흐름에 따라 태어나 어른이 되고 부모가 되어 다시 자식들의 성장을 지켜보는 윤회의 순환을 끊임없이 이어가는 것이다.

「아이들의 귀가를 기다리며」와 「면회」, 「아들의 군소식」의 시를 통해 자식들에 대한 안쓰러움과 짠한 마음, 그리고 자랑스러움을 드러내고 있다. 또한 「추석전야」와 「잔치국수」 등의 시에선 보름달처럼 크게 사랑받았던 부모님에 대한 추억과, 그것을 아는지 모르는지 자식들은 하염없이 세월을 보내고 있다고 안타까운 심정을 표현하고 있다.

다시는 오지 못할 날들이 펼쳐져 있는
빛바랜 사진첩을 펼친다

어린 시절엔 동그란 눈을 하고 어머니와 함께 앉아 미래의 세계를 보는듯한 모습으로 남아있고, 또 한 면 넘기니 젊은시절 부모님이 계시고, 한 면 한 면 넘기다보니 초등학교 시절의 모습이 맑고 투명한 모습으로 남아있으며, 중학시절 수학여행 사진 속엔 반 친구들과 함께 한 신라의 고도 경주의 모습이 먼 과거로 남아있네. 조금은 점잖아진 늠름한 모습의 고교시절이 교정을 배경으로 남아있으며, 대학시절엔 장발의 모습이 특이하게 다가오고, 군 입대 3년간의 병영생활이 강원도 험한 산속을 배경으로 남아있네. 군제대후 직업인으로서의 모습이 남아있고, 결혼식 모습이 보이고, 아이들과 함께 부모님 성묘를 함께 다녀오고한 모습이 보이고, 이후는 아이들의 사진이 사진첩 모두를 차지하게 되었네.

이제 오십 줄
다시 되돌아올 길 없는 모습들을 보니 가슴이 아리다
앞으로 남은 기간은
어떠한 삶의 모습이 될까
내겐 늘 지나간 모습은 아름답다
　　　　　　　　　　　　　　　　－「빛바랜 사진첩」 전문

시인은 부모님을 떠나보내고 아이들이 어른으로 성장한 모습을 지켜보며 다시 돌아올 길 없는 모습들을 그리워한다. 하지만 시인은 늘 지나간 시간은 아름다웠다고 삶을 관조(觀照)하고 있다.
　부모에게서 나에게로 또 다시 아이들에게 흐르는 삶의 윤회와 인생을 차분한 시어로 담아내고 있는 것이다.

2

시집『그리움의 길』에는 유독 꽃을 노래하는 시가 많다.
벚꽃, 달맞이꽃, 찔레꽃, 모란, 매화, 국화 등 제목이 꽃
으로 된 시가 10여편에 달한다. 1년 열두달 끊임없이 꽃이
피고지는 모습을 담아내고 있다. 꽃으로 표현되는 사계절
은 계속 순환하는 시간의 영속성과 세월의 흐름을 잔잔히
좇아가는 시인의 시선을 보여주고 있다. 꽃을 통해 사계절
과 인생에 대해 이야기하는 것이다. 꽃이 필 때의 아름다
움과 생명의 희열을 표현하고 있으며 꽃이 지고 열매를 맺
고 익어가는 과정에서 인생의 순리를 깨우치게 된다.

또한 꽃이 아름다운 것은 그렇게 되기 위한 간절하고 절
절한 이유에서이다.

숙명인거야
밤에만 피어나야해
그렇기에 더더욱 노란색으로 피어나지
눈에 잘 띠라고
간절함이 더욱 진해지라고 말이야
색을 덧입히는 노력을 하는 거야
남이 알아차리지 못하는 시간
그 절절한 시간에 말이야
오직 그대에게 선택 받기위해

–「달맞이꽃」 전문

위 시에서 달맞이꽃이 아름다운 것은 숙명적으로 간절함과 절절한 시간을 보내야 오직 단 한사람, 그대에게 선택받기 위함이었다. 여기서 '그대'의 의미는 중의적이다. 숙명이지만 간절하고 절절하게 바라는 세속적인 성공을 뜻하기도 하고, 시인의 꿈이기도 하며 종교적인 절대자이기도 하다. '그대'에게 선택받는 행위는 세속적인 부와 명예를 얻어 소위 말하는 성공을 뜻하기도 하며, 또한 시인의 문학적 성취 또는 시인의 필생의 꿈으로 바꿔 말할 수도 있다.

그러나 인생은 모든 이에게 성공과 성취를 허락하지 않는 아이러니이다. 인간의 욕망을 모두 충족시키기에 현실이 호락호락하지 않다. 그래서 달맞이꽃은 밤에만 피어야하는 숙명을 갖고 있는 것이다. 생명을 상징하는 꽃이 만물이 생동하고 활기 넘치는 낮이 아닌 밤에 피어야하는 숙명을 천형(天刑)처럼 어깨에 짊어지고 살아야한다.

시인은 아름다운 달맞이꽃을 보면서 인생의 쌉쓸함과 달콤함을 함께 느끼고 있다. 이처럼 시인에게서 꽃은 단지 아름다움의 대상이 아니라 인간의 삶을 표현하는 매개체이며 인생과 세월을 상징하는 존재이다.

3

시인은 육십평생을 오산에서 나고 자라고 살아왔다. 고향인 오산에 시인의 삶과 인생이 오롯이 담겨 있다. 시에 고향이자 삶의 터전인 오산에 대한 추억과 애정이 고스란히 표현되고 있다.

이번 시집까지 세권의 시집을 내며 시인이 사랑하는 오산을 노래하고 있으며, 또 〈결정적순간〉이라는 사진모임의 회장을 역임했었다. 〈결정적순간〉은 오산을 중심으로 사진작업을 하던 사진작가모임으로 문화예술이 척박했던 시절 오산사진계에 새바람을 일으켰던 단체이다. 또한 시인의 현재 일과 관련이 있는 오산시사편찬위원회 상임편찬위원으로도 활약하며 오산역사문화 전문가로 입지를 굳혔다. 외부에서 오산의 역사문화와 관련한 문의가 오면 오산시에서는 으레 시인에게 문의하여 답변을 얻고 있으며, 오산시의 상징물인 시조 까마귀, 시화로 매화가 채택되는 결정적인 학술적 토대를 시인이 마련한 것이다. 그리고 현재 오산문화원 부설 오산향토문화연구소 상임위원으로 재임하며 오산의 역사와 문화를 발굴하고 널리 알리는 작업을 활발하게 진행하고 있다.

이렇듯 시인의 이력은 오산을 사랑할 수밖에 없다. 아니 너무나 오산을 사랑해서 이런 이력을 갖게 되었는지도

모른다. 무엇이 먼저였든 시인은 그야말로 '오산사람'인
것이다.

은계의 은빛모래 밟으며
필봉산 산빛은 품으로 안고
그저 오산샛강은 말없이 흐르네

아침 산빛을 깨는 일은
여명을 맞이하는 산새가 하는 일
청명한 하늘은 푸르고 푸르네

금오대교 밑 넓은 그늘엔
더위 피해 돗자리 깔고
오수 즐기는 노인들

어허라 세월아
이쯤서 잠시 쉬어가도
급할 일 없으리
흐르는 듯 쉬는 듯
변함없는 강물만
폭염을 식히네

어언 하루도 저물어
뜨겁던 붉은 태양도

어둠에 머리 풀고 한여름을 닫네

　　　　　　　　　－「한 여름의 오산샛강」 전문

　시인은 위 시와 같이 '은계', '필봉산', '오산샛강', '금오
대교' 등 오산의 지명을 직접적인 시어로 채용하여 시를
쓰고 있다. 이 번 시집에서 시의 제목과 내용에 지명을 쓴
시는 「첫 눈 내리던 날」, 「코스모스」, 「시간여행－금암동 고
인돌공원에서」 등 8편에 이른다. 이것은 시인이 고향이자
삶의 터전인 오산을 얼마나 사랑하고 애착을 갖고 있는지
웅변하는 단적인 예이다.

　「첫눈 내리던 날」이란 시에 '오산샛강 위를 거슬러 오르
는 / 한 무리 큰부리까마귀 떼'라는 구절이 나오는데, 오
산샛강 위를 까마귀떼가 왜 거슬러 오르는가 궁금해 진다.
이는 오산시의 시조를 비둘기에서 까마귀로 바꾼 것을 시
인이 상징적으로 표현했다고 볼 수 있다. 이처럼 시인의
시에는 작은 시어 하나하나마다 오산에 대한 애정과 사랑
이 담겨져 있다.

4

시인은 가족 즉, 부모와 자식들을 사랑하는 마음을 통해 자신의 삶을 담담히 관조하고 있다. 태어나고 자라서 어른이 되고 다시 자식을 낳고 키우고, 늙어가는 인생의 순환을 순리로 받아들이고 있다.

꽃은 1년 사시사철 각양각색의 모습으로 피어 아름다움의 정점을 찍지만 시간이 지나감에 따라 꽃잎이 지고 초라해진다. 그러나 꽃이 사그라들어야 그 자리에서 열매가 맺혀 새 생명을 잉태할 수 있다. 꽃에서 시간과 생명의 영속적인 흐름을 시인은 발견하고 있다.

고향이자 삶의 터전인 오산을 사랑할 수밖에 없는 시인은 앞으로도 더 뜨거운 가슴으로 인생과 고향을 노래할 것이다.

세상은 물 흐르듯 사는 것이라 하네
순리라 하고 참 삶이라 하네
저 강물을 거꾸로 오르는 한 떼의 물고기들
어인 일인가
물 흐르듯 가다가
더 이상은
나아갈 곳이 없을 때는
다시

거꾸로 기어올라야 하는 것일 거야
이것도 순리라면 순리일거야
그렇게 오르고 내리며 사는 것이겠지
우리의 삶을 우리 스스로가
어찌할 수 없는 경우도 있을 테니까
그런 것일 거야, 우리의 삶은
강변의 가로수는 그냥 그 자리에도 있으니까

-「강변따라 걷다가」 전문

남경식 南璟植

아호는 운산雲山. 경기도 오산에서 출생하였다. 대학에서 국문
학을 전공하였으며, 2002년 월간『문예사조』에 시 「오산샛강에 서
서」, 「새벽기도」, 「송홧가루 날리는 날」 등이 추천되어 문단에 등
단. 시집으로 『개망초꽃 : 시문학사』, 『귀 열어 깨어있어야 하리 :
푸른사상』 등이 있다. 역사서에 『오산역사문화 : 우리동네사람들』
등이 있으며, 현재 오산에서 시 창작, 역사연구와 집필에 전념하
고 있다.

우리동네사람들 시인선 · 003

그리움의 길
남경식 시집

2016년 7월 20일 인쇄
2016년 7월 30일 발행
지은이 남경식

펴낸이 한민규
펴낸곳 우리동네사람들
등록번호 제 2000-000002 호
주소 경기도 오산시 성호대로 89번길, 206호
전화 1577-5433
팩스 031-376-1767
메일 woori1577@hanmail.net
홈페이지 woori1577.com

ISBN 979-11-956995-9-9

「이 도서의 국립중앙도서관 출판예정도서목록(CIP)은 서지정보유통지원시스템 홈페이지
(http://seoji.nl.go.kr)와 국가자료공동목록시스템(http://www.nl.go.kr/kolisnet)에서 이용
하실 수 있습니다.(CIP제어번호: CIP2016017353)」